AF299665

LE PEUPLE

ET

LE NON-PEUPLE.

ASSIETTE DE L'IMPOT.

> Comme de vivre est le premier des be-
> soins ; aussi de vivre , est le premier des
> droits : cela étant de suprême évidence ,
> que les droits sont nés dans la société, selon
> le même ordre , sous la même règle que la
> société est née des besoins. (*Les besoins et
> les Droits.*)

PARIS,

A. PIHAN DELAFOREST,

IMPRIMEUR DE LA COUR DE CASSATION,

RUE DES NOYERS, N° 37.

1832.

On rencontre dans le monde savant des hommes, estimables d'ailleurs, qui ne craignent pas d'immoler les intérêts privés à l'intérêt général. Or, l'intérêt général n'exige aucun sacrifice de ce genre; il est *humain* avant tout. Si nous étions dans l'erreur, la civilisation prendrait un caractère égoïste: elle nous apparaîtrait barbare, inexorable, avec un livre de fer comme l'antique fatalité.

Que le privilège ou la concurrence étouffent une industrie, on vous dira froidement qu'elle s'est déplacée. Ceux qui savent, par mille exemples, combien il est difficile de dégager les capitaux enfouis dans une entreprise pour les reporter sur une autre, imaginent que les existences se recomposent sans peine.

Traduisez l'algèbre des mots abstraits: une industrie, ce sont quatre, cinq, dix mille individus; c'est une ville, une province, un pays. Voulez-vous qu'un pays mendie ou meure?.....

Mais savez-vous comment l'équilibre se rétablit, comment la plaie se ferme? C'est après qu'un grand nombre de familles se sont expatriées, que d'autres ont succombé à leurs misères, que quelques-unes ont survécu à d'innombrables privations, enfin comme l'herbe croît sur les tombeaux.

Il y a donc une véritable expropriation dans la ruine d'une industrie par le privilège ou par la concurrence. L'empêcher, ce serait arrêter tout progrès: l'admettre sans condition, ce serait tout immoler au progrès. La raison d'état et l'humanité prescrivent des mesures transitoires. (*Le Temps: journal des progrès*, 6 avril 1832.)

Tout pour le peuple : rien par le peuple.

Comme de raison, cette maxime sacrée rompt en visière, aux prétentions de tous les partis :

Soit de ceux qui décrètent au nom du peuple, et ne décrètent qu'à son dommage, qu'à leur bénéfice :

Soit de ceux qui en appellent au vote du peuple; et appelleraient de son vote, s'il n'était pas dicté par eux.

Tout pour le peuple.

L'homme naît à la vie, et la société naît de l'homme.

La vie est l'œuvre : la société est l'outil. L'outil est commandé pour l'œuvre.

Aussi les besoins organiques créent les droits sociaux : même, les droits sociaux ne s'érigent qu'en vertu, ne s'exercent que dans la vue des besoins organiques.

Les conditions naturelles de la vie, ont à être accomplies, par les prescriptions artificielles de la société.

Vérité capitale qui éclate sous la foudre des révolutions, si la législation ferme l'œil à la lumière.

Rien par le peuple.

La société est née de l'homme, après que l'homme est né à la vie. L'outil de la société doit être adapté à l'œuvre de la vie.

Mais le peuple ne possède pas les moyens intellectuels : leur possession est inalliable avec sa position.

Entre le travail manuel et le travail mental, il y a incompatibilité. Les bras ou la tête absorbent la force.

Avant d'ouvrir le *forum*, qu'on attende que des sylphes viennent faire jouer le mécanisme vital;

Ou qu'on se résolve à faire exécuter la manœuvre par des ilotes, des esclaves, des nègres.

Les moyens intellectuels seulement enfantent les droits politiques.

Et les droits sociaux, les droits politiques sont casés à part : ceux-là à titre de souverains, ceux-ci à titre de serviteurs.

Tout pour le peuple; rien par le peuple.

Les deux maximes se soutiennent, et se combinent.

Rien par le peuple : rien par qui ne sait, ne veut, ne peut.

Tout pour le peuple : tout pour qui a droit, a besoin.

Ici, la nécessité impose la route et ne pourvoit pas aux moyens.

Les droits politiques ont charge de servir les droits sociaux.

Or les droits politiques conférés aux moyens intellectuels, sottement s'enflent d'orgueil, font mépris du devoir :

Lâchement, s'adonnent à la cupidité, font usage des lois à leur profit exclusif, au détriment public.

C'est tomber de Charybde en Sylla.

On avait à éviter l'action du peuple : on vient appeler le peuple à la réaction.

Rien de plus triste; mais aussi rien de plus juste.

Malheureux, vous avez mésusé des moyens dispensés par le Ciel, vous avez abusé des droits départis par la société.

Oh ! si la colère ne frappait, n'écrasait que vous, qui donc ne lui rendrait pas grace ?

« Le rêve des économies égare les meilleures têtes. Ici l'esprit d'épargne du père de famille, trompe ; là, le sentiment de la gêne des peuples, trouble : quelque part, la manie d'opposition ou la rage de subversion, obsède ; partout s'il faut le dire, le fol amour de la popularité, possède.

« Depuis 15 ans, aucune Chambre n'a manqué de travailler le budget, de retrancher et transposer des chiffres : autrement les députés seraient mal accueillis dans leurs foyers. A la fin de chaque session, il semble que ce soit le bouquet obligé.

« Qu'en est-il advenu ?

« Rien que des services négligés et des rentrées compromises, des mérites méconnus et des jouissances violées : à moins qu'il ne faille porter en ligne, le plaisir de se venger et le besoin d'embarrasser l'autorité.

. . . .

« Voyez par quelle route, avec quelle peine, on poursuit une ombre vaine. Les vœux se dirigent vers l'économie ; les efforts n'aboutissent qu'à l'épargne. C'est Harpagon qui sert de modèle, au lieu de Sully ou de Colbert.

« Dans sa véritable acception, l'économie est la science de la richesse ; en la rendant à ses titres, à ses droits, la scène change de face.

« D'abord l'esprit de lésinerie disparaît : et au lieu de rogner sur les services, de chicaner sur les emplois, on vient à comprendre, qu'autant qu'ils sont bien entendus, pas un seul ne manque à rapporter le quadruple et le décuple du prix coûtant.

« Bientôt les vues s'étendent, s'élargissent : et on finit par se convaincre que la vraie économie politique, est plutôt satisfaite par l'accomplissement de tout service moteur ou garant de l'action productive, que par l'abolition d'aucun subside justement assis et facilement perçu.

. . . .

« L'économie sociale, l'économie rurale ont une fin unique, une commune fin ; et ont de même deux sortes de moyens, l'augmentation des produits, la diminution des dépenses : dans le choix desquels, celle-là devrait suivre l'exemple constant de celle-ci. —

« Quant à la création, à la conservation, à la disposition des produits, d'abord les services publics tendant à protéger ces divers actes doivent être respectés au dernier point : et de plus, les subsides doivent être répartis et perçus, de manière à n'y porter d'entrave ou de préjudice, qu'au moindre degré possible.

« De là, les considérations relatives aux dépenses, sont d'un ordre fort inférieur à celles qui se rapportent aux services; et d'un ordre plus inférieur encore, vis-à-vis celles qui se rattachent aux subsides.

« Dans ses fins, le subside est un bien, puisqu'il garantit la société : dans son mode, le subside n'est point un mal, pour peu qu'il ne nuise ni au maintien, ni au progrès du travail.

. . . .

« Par malheur, les économistes se sont bornés à rechercher des moyens coûteux et périlleux qui dussent favoriser la production ; au lieu de se vouer à écarter les obstacles, à adoucir les dommages que lui portent certains subsides.

« De manière que les gouvernemens laissés dans les ténèbres, n'ont pas manqué de conserver tels et tels impôts, appropriés aux temps anciens seulement : et comme l'habitude parvient constamment à amortir l'influence des sens, à étouffer l'élan de la pensée, rien n'a troublé la paix des gouvernemens.

« Qui donc peut approuver un état de choses, où ni expérience, ni raison, ni prudence, n'interviennent ; où domine une seule puissance, laquelle ne voit rien, ne sent rien, la morne force d'inertie.

« Qui donc peut se complaire au transport du *statu quo*, de ces temps morts de vétusté ; à ces temps de fraîche origine, qui présentent à la fois des besoins et des moyens, jusqu'alors inconnus, et qui provoquent la sollicitude, sur leur ten-

dance à des écarts nouveaux, à des abus diffé-
rens.

. . . .

« Si l'on doit supposer qu'un jour, l'opinion
passe en volonté, et que la volonté passe à l'action;
il faudra intervertir l'ordre de la délibération du
budget, et rejeter à la fin le futile article des dépenses, et reconnaître au chapitre essentiel des
recettes, la primauté, la suprématie.

« Au moyen de quoi, le temps ne pressant plus,
et les esprits n'étant pas encore affaissés, il s'éta-
blirait sur le choix et le mode et le taux des impôts, une polémique contradictoire, entre les
vœux divers et rivaux du pays, entre les conseils
plus ou moins certains de la science.

« Au moyen de quoi, les Chambres, après un
examen consciencieux, avec une opinion murie,
pourraient enfin consentir le vote de l'impôt; ce
qui ne s'est pas encore vu, et autrement ne se
verra jamais : car si la main poussée par on ne
sait quelle fatalité, laisse tomber dans l'urne, des
boules blanches ou noires, dont le recensement
fait loi; quant à l'esprit, dès que la lumière et la
force lui manquent, à dire vrai, il n'y a point de
conception nette, point de conviction réelle,
point de consentement libre. (*Du vote de l'Impôt*:
1829.)

La leçon vient de loin et sied de même.

Point de dépenses à réduire, c'est-à-dire du fait
de la Chambre.

Seulement les services à rétribuer dignement ; et les subsides à répartir justement.

Par dessus tout, le budget des recettes à étudier et méditer, à régler enfin.

Tels sont les divers points de la leçon.

Or on n'est pas plus disposé à l'écouter en 1832, qu'en 1829.

Deux mois et plus vont être perdus à chicaner par le menu, à disputer sou à sou ; ainsi mettant en doute tant d'existences, et mettant au risque le gouvernement même.

Deux motifs déterminent, instinctifs plutôt que réfléchis, et par cela même plus irrésistibles : car, là où la raison n'a pas été consultée dans l'origine, elle est mal venue à s'entremettre.

D'abord, cela est à dire que le pouvoir quelconque, se fait propre, les choses et les hommes qu'il régit ; et défend la cause bonne ou mauvaise ; et tend invinciblement à l'arbitraire.

Puis, il n'est que trop vrai, suivant Smith, que les personnes qui jouissent de fonctions lucratives, sont les objets de l'envie générale, et que la réduction de leurs appointemens est toujours populaire. (*Tome* 3 : *p.* 326.)

La défiance, l'envie, ont à s'assouvir.

Bien que celle-ci devrait songer que c'est donner l'exemple prêt à être retourné contre soi-même, aussitôt qu'on sera parvenu au pouvoir :

Bien que celle-là devrait remarquer qu'on ne peut juger sciemment en cette matière, et qu'on ajoute au manque des réformes convenables, l'abus plus grand des réformes inconsidérées (1).

Ainsi les dépenses et les services préoccupent l'esprit, absorbent le temps, les forces de la Chambre

Et les recettes, les subsides, matière qui rentre dans les attributions législatives; question que le devoir oblige à traiter, que les moyens permettent de résoudre, passe presque inaperçue.

On proroge, ou plutôt on laisse se proroger, car il n'y a qu'assentiment passif et non point consentement rationnel, les impôts et les taxes qui se rencontrent être en exercice, et qui généralement sont rappelés du plus vieux temps :

Sans apprécier aucunement, ni les nouvelles lumières de la science, ni les faits variables de l'économie, ni les avis impérieux de la politique.

---

(1) Parlons raison, même à ceux qui la renient.

Les services publics sont plus considérables qu'au dernier siècle, que dans l'avant-dernier ou tout autre siècle, en rétrogradant jusqu'à l'époque de la création ; justement parce que la population est plus en nombre, les relations plus en mouvement, la civilisation plus en avance.

Les services publics sont renchéris, en conséquence de ces mêmes faits; et du reste ne sont tant renchéris qu'en apparence, attendu que le signe monétaire est toujours apprécié au même titre, toujours indiqué par le même chiffre; bien que dans la balance des échanges, sous la loi suprême du marché, il perde chaque jour de son poids. (*Idem.*)

Pourtant, il n'y a nulle raison, nulle cause, pour que ce qui est, plutôt que ce qui n'est pas, soit ce qui doit être.

Même, il y a toute chance, pour que ce qui est, ne soit pas bien; par cela même que c'était bien autrefois, et qu'à présent, rien n'est plus comme autrefois.

Vérité d'ordre transcendant, prééminent : en vertu de laquelle, toute loi bursale aurait à être limitée à un certain temps, à être soumise de nouveau à la plus scrupuleuse investigation.

Si le contraire a lieu, il faut bien dire, quoi qu'il en coûte à divulguer les plus honteux secrets, pourquoi, comment cela se passe ainsi.

« C'est que l'esprit humain, qui dans ses crises de fougue et de furie, attaque, renverse et détruit tout ce qu'il y a de plus sacré ; lorsqu'il reste ou retourne à l'état de calme, enchaîné par la routine, ou entravé par la paresse, ou empêché par la crainte, ne sait ni juger, ni agir : conservant ce qui est, quand même cela ne devrait pas être ; et repoussant ce qui doit être, seulement parce que cela n'est pas. (*De la Limite de l'impôt*, janvier 1830). »

Ce n'est pas à dire, qu'il faille abolir, le système représentatif; mais seulement qu'il est requis de l'éclairer en sa marche, et de le préserver des écarts.

Deux embarras, deux inconvéniens, lui sont inhérens en principe, ou tiennent au mode d'exercice.

En son essence même, le pouvoir est délégué à des élus, leur est conféré par des électeurs : et les élus dépendent des électeurs dont ils émanent.

Première cause de mal : attendu que ces derniers confinés en fait de lumières, dans la plus étroite sphère, adonnés en fait d'intérêts, aux habitudes les plus mesquines, répugnent aux avances de l'impôt et ne calculent pas les retours de l'emploi.

Puis, par une conséquence forcée, soit quant aux élus, soit quant aux électeurs, le pouvoir à recevoir ou à donner, est resserré aux mains du très petit nombre.

Seconde cause de mal : non cependant que les élus installés au faîte, ne soient susceptibles de se rendre, à la justice, à la prudence; mais parce que les électeurs, n'aspirent qu'à alléger leur charge, qu'à la rejeter sur d'autres.

Ainsi, sous le premier rapport, même au grand pays d'Angleterre, on a vu la chambre des communes, abolir malgré les instances du cabinet, l'*income tax :* dont les rentrées étaient si bien appropriées au rachat de la dette, et depuis 1816, l'auraient réduite d'un tiers et plus.

Ainsi en France: non sans avoir dégrévé la propriété plutôt que de soulager l'indigence, la chambre des députés n'a jamais su tenir les impôts, au niveau des besoins les plus impérieux, des emplois les plus avantageux.

Comme aussi, de là vient cette tendance progressive à la méthode des emprunts : jusque pour la confection des canaux, qu'il était facile d'opérer à l'aide de l'impôt ; et qu'en ce cas, on n'eût pas entrepris, sans balancer les frais et les profits.

Or, à l'appui des conseils malentendus de l'intérêt, le sophisme se hâte d'étaler ce dogme officieux ; que la dette publique vient en augmentation de la richesse nationale.

Chose vraie en ce sens, qu'elle représente une branche de cette richesse ; et fausse en celui-ci, qu'elle constitue une branche nouvelle ou additionnelle : car son capital ne s'est formé qu'à l'aide et en place des capitaux épars qui ont été fondus.

La dette ou la somme des emprunts doit être jugée différemment, et lors de l'opération et après l'exécution.

A cette dernière époque, c'est un bien, un fonds faisant partie du capital national : dont le service des intérêts, qui sont reversés aussitôt dans la circulation, entretient telle et telle sorte d'industrie, surtout au bénéfice des grandes villes ;

Dont la cessation des paiemens n'altérerait point le montant de la richesse publique ; et seulement remplacerait une branche de la richesse par une autre branche : en libérant les fortunes pri-

vées, du prélèvement opéré pour l'acquit de l'intérêt de la dette.

Quant à la première époque ou à la création
de l'emprunt, l'effet réel varie suivant la nature
de l'emploi des fonds obtenus par son moyen :

Il y a gain, si ces fonds sont consacrés à des
entreprises du genre productif :

Il y a perte, s'ils sont appliqués au paiement
des contributions de guerre, s'ils sont rejetés
en dehors du pays :

Il n'y a ni gain, ni perte, alors qu'ils sont reversés aussitôt dans la circulation intérieure ; par
leur affectation à des services quelconques ;

Ou plutôt dans ce cas, le résultat est favorable
sous un certain rapport ; en ce que l'emprunt est
prélevé, sur une masse capitalisée en peu de
mains, et se résout, pour parler ainsi, en une
pluie de petits paiemens, en faveur de divers
agens de la culture et de l'industrie :

Effet tout-à-fait semblable à celui qui fut opéré
en 1824, lors du déclassement des rentes : dont
les fonds jusqu'alors agglomérés, furent dispersés
en bâtisses et en fabriques, et s'éparpillèrent ainsi,
en nature de salaires de toute sorte ;

Effet fort analogue à celui qui s'ensuivrait de
la cessation du paiement des rentes ; dont les intérêts, n'étant plus perçus par la voie de l'impôt,
resteraient disponibles aux mains des contri-
buables.

Généralement, dans l'ordre économique, il

n'y a abolition de capitaux effectifs, que sous l'explosion du feu qui réduit en cendres, ou par l'irruption de la mer qui enfouit dans ses gouffres.

Du reste, ce ne sont que transformations dans les fonds; que transmutations entre les êtres : tantôt un tel capital se modifiant en un capital différent ; tantôt un capital se changeant en revenu, ou un revenu s'amoncelant en capital.

L'emprunt et l'impôt se ressemblent en ce point, que ni l'un ni l'autre n'emporte une perte réelle, à moins que les rentrées soient rejetées en dehors du pays.

Et l'impôt n'est point à distinguer de l'emprunt, alors qu'il est levé aussi sur le capital : n'occasionant de même qu'une transposition, et non point une déperdition de richesses.

A bien dire, entre l'impôt et l'emprunt, la préférence est due au premier, par ces diverses raisons :

Qu'en empruntant au lieu d'imposer, l'État est entraîné à dépenser outre mesure, et à tort, à travers.

Qu'en s'abandonnant aux emprunts, l'État se met à la merci de la banque : joug le plus honteux, le plus périlleux qu'il y ait.

Qu'enfin, il appelle et fixe une somme de fonds, pour l'entretien du jeu; et en outre s'expose à manquer tôt ou tard au service de sa dette, de manière à causer une immense perturbation.

Du reste, et par suite, sous le rapport écono-

mique, il n'y a point de terme, point de limite
à l'extension de l'impôt : toutefois en observant
ces deux conditions :

L'une, que ses recettes ne soient point extrai-
tes des fonds destinés à la production de l'œuvre
et à la reproduction du travail ; c'est-à-dire à la
fabrication et à la nutrition.

L'autre, que ses rentrées soient aussitôt ren-
dues à la circulation, et restituées par l'interven-
tion de quelques services, aux travaux procréa-
teurs.

A ces titres, jamais l'impôt n'est trop fort ; car,
d'après la première condition, n'étant plus perçu
que sur les revenus disponibles, distraction faite
de la part du profit ou de la rente nécessaire au
maintien de la vie ; en même temps, il resserre
des emplois habituels, et ouvre d'autres emplois
aussi étendus.

Ce qui laisse une somme égale de travaux, et
seulement les déplace dans l'origine ; puis ne les
déplace plus, quand le taux de l'impôt devient
constant et reste fixe.

Car, sous la seconde condition, étant reversé
dans la circulation, autant et même plus vite que
le fonds d'où il provient n'y aurait été jeté ; il
active au lieu d'arrêter le mouvement, et assure
le maintien, avance le progrès du travail.

Ce qui est accompangé en outre de cette conséquence heureuse, que sa perception étant assise
sur le superflu, il tend à limiter quelque peu les

dépenses de luxe : comme aussi que son application se bornant à des emplois communs, il agit de sorte à accroître les productions de nécessité ou d'utilité.

Ici s'entr'ouvre une sphère encore inconnue , où il y aura à pénétrer peu à peu, l'œil hardiment fixé sur le but extrême, et les pas s'avançant avec mesure.

En ce bas monde , point d'éternité en quoi que ce soit : rien ne dure , tout varie.

D'autant le cours fut prolongé, d'autant la course fut accélérée ; le terme fatal est plus voisin.

Il y a quarante ans, que le péril, que le remède ont été présentés.

« Telle est la marche des aveugles sociétés de l'Europe.

« Le mal est au comble : la misère flétrit les ames , et la richesse les avilit : toutes les deux minent les facultés.

« Qu'en doit-il résulter ?

« Qu'un jour ou l'autre, l'emploi des forces se trouvera au-dessous des besoins de la masse ; et qu'alors l'association sera dissoute par la violation du droit de l'existence, ne laissant plus que des tourbes d'hommes, plus insensés encore qu'injustes, qui assouviront leur tardive vengeance sur les heureux de ce monde. » (*Écrits de* 1790.)

Or depuis ce temps, combien de causes d'excitations progressives !   2

La passion ferme les yeux et frappe, comptant lancer ses traits contre l'ennemi, les laissant retomber sur ses affidés.

Dans la première révolution, la propriété a été attaquée d'abord, sur des points vraiment vulnérables ; et la victoire enflant l'orgueil, elle a été violée ensuite à l'encontre des contracts les plus libres, les plus loyaux.

Puis, la propriété a été transportée presque à titre gratuit, d'une tête sur l'autre, affichant à découvert son origine équivoque, ne se retranchant plus derrière la barrière des siècles.

Notez même : la légitimité vaincue, était incontestée de temps immémorial, et la légalité victorieuse fut dès-lors, fut toujours contestée.

Notez encore : la légalité enfantée du jour même, ne fit que poser, que jeter un principe : et le principe aspire à se développer en ses conséquences ; et si ses conséquences étaient repoussées, ce serait répudier le principe.

Si bien qu'une telle légalité subit cette fatale alternative, ou de n'être plus respectée, ou d'être encore appliquée.

Les risques sont extrêmes : disons mieux, ils sont certains ; l'époque seule reste en doute.

Et l'ajournement, l'atermoiement n'ont à être obtenus, que par la justice, la prudence de l'impôt.

« Les remèdes appropriés aux circonstances sont, ce semble, de décharger pleinement le nécessaire réel, et de charger progressivement le superflu.

« Lorsque chacun avait à peu près son nécessaire naturel, lorsque l'impôt était limité et consacré au bien de tous , il était simple qu'on contribuat proportionnellement à ses moyens.

« Mais aujourd'hui que le nécessaire de plusieurs millions d'hommes, est rarement satisfait; aujourd'hui que l'accroissement énorme de l'impôt tourne seulement à l'avantage de quelques-uns, on ne peut exiger une subvention de la part des premiers.

« Sans doute l'abus de la propriété fondé sur l'achat ou l'hérédité, doit être garanti de tout trouble; mais aussi l'abus de l'impôt qui en dérive se rencontre maintenant.

« L'abus contre la propriété ne doit pas retomber sur ceux-là même, qu'a déja frappé l'abus de la propriété. » (*Idem.*)

« Il faut parler de cette portion de l'impôt foncier qui frappe sur les terres manœuvrées à force de bras ou avec une charrue d'emprunt, par le petit propriétaire. Ici, rien ne présente le caractère d'une rente réelle, d'un revenu libre : il ne s'opère point d'allègement au-delà du coût d'entretien de l'ensouchement : le produit brut est appliqué sans réserve, au maintien de la somme de travail nécessaire à l'exploitation. D'où il suit que l'impôt se prélève au détriment de la subsistance ou de l'ensouchement, et produit ainsi l'effet d'une taxe indirecte sur les objets de nécessité.

« Nulle analogie n'existe entre cette part de la contribution foncière, et la part qui porte sur le revenu des propriétaires : nulle comparaison ne saurait même s'établir de l'une à l'autre, puisque l'élément du revenu ne leur est pas commun. A cet égard, ainsi que sous beaucoup d'autres points de vue, la justice tariffée consomme une iniquité morale; et un arbitraire permanent est consacré sous les formes légales.

« Tout auprès de la limite, où un tel impôt atteint les moyens de subsistance, s'élève celle où il compromet le maintien de l'ensouchement, ensuite celle où il prévient son accroissement na-

turel. Et de tout le capital national, c'est l'ensouchement qui jette les plus grands profits, qui tend
davantage à augmenter le fonds de la richesse
publique, à accélérer le mouvement du mécanisme social.

« Le capital rural est d'autant plus à ménager,
qu'une masse énorme de travail est afférente à
son usage, et contribue d'autant à la façon des
produits :

« D'où il arrive que la destruction d'une charrue, cause à la reproduction, un préjudice annuel et progressif du quadruple, du décuple de sa
valeur réelle ; que la déperdition du fumier de
quelques vaches, ravit à plusieurs hommes leur
emploi ordinaire de l'année ; et en outre, anéantit
le montant de leur subsistance pendant le même
temps.

« Aussi la première limitation à observer dans
l'assiette de l'impôt foncier, doit se rapporter aux
petits cultivateurs, dont les profits consommés par
les besoins de la nourriture, ou consacrés au
maintien de l'ensouchement, ne donnent point
ouverture à la création de la rente, du revenu net.

« La seconde limitation est fixée dans l'intérêt
des fermiers, dont la fortune entière est fondue
sous la forme du capital rural. Les mêmes obser-
vations s'appliquent à leur sujet, avec cette seule
différence, qu'ici le profit et le revenu se divisent
entre deux personnes ; le profit n'appartenant
qu'à eux, et le revenu étant possédé par les pro-

priétaires. » (*Quelques vues sur les finances,*
1816.)

Telles sont les seules considérations légitimes
à opposer à l'extension de l'impôt territorial :
qu'il est heureux d'avoir à rappeler des temps qui
sont si loin de nous, soit pour leur imprimer,
ce semble, quelque poids de plus, soit pour
écarter toute fausse induction à l'égard des
motifs.

Un jour, il faudra revenir à la question relative aux fermiers, question vraiment capitale,
vraiment radicale, sous les rapports de la population et de la production :

Laquelle en Angleterre, attire toute la sollicitude des lois, et même excite l'intérêt éclairé des
propriétaires, qui se montrent toujours prêts à réduire au besoin, le prix des baux;

Laquelle en France, est restée jusqu'à présent
étrangère à la pensée législative ; ou si elle se
présente à résoudre, est décidée en sens inverse
du bon droit, du bon sens.

Tant ces pauvres esprits de France, bornés
dans l'horizon de leur vue, dominés par l'influence de l'instant, sont ineptes à juger de haut,
au loin :

Ainsi préférant le dégrèvement de la bourse aux
écus, à la libération des élémens de richesse : ainsi
ne se retenant point en fait d'exactions, d'extor-
sions, contre les fermiers ; dont les fonds et les
bras affaiblis en conséquence, se refusent ensuite

à fournir une production égale et progressive (1).

En quoi, la loi même qui maintenant n'est autre que le vœu, d'abord formulé en une chambre, puis entériné dans l'autre, du faux intérêt foncier; vient de conniver jusqu'à la borne extrême : en grévant de la moitié des 30 centimes additionnels de 1831, les fermiers engagés à l'acquit de l'impôt territorial.

Comme si leur engagement ne se résolvait pas en une sorte d'à-compte à valoir sur le prix du bail, et n'était pas manifestement limité au montant de la cote ordinaire : tellement que la loi, sans le vouloir, a tout simplement augmenté la redevance convenue pour la jouissance :

Comme si l'impôt foncier ne constituait pas un prélèvement sur le revenu des biens fonds; et devait frapper sur les rentrées du fermier, devait atteindre les profits des agens de l'industrie rurale, tout-à-fait assimilés aux agens de l'industrie commerciale.

Il semblerait qu'on a feint d'entendre ainsi la question, dans la seule vue de prévenir le surhaussement de l'impôt foncier, qui vraiment tournerait alors en la taxe la plus sinistre.

---

(1) La chambre des pairs vient d'en donner l'exemple le plus frappant, en rejetant la délibération du conseil d'Eure-et-Loir, qui à la fois généreux et éclairé, avait mis à la charge des propriétaires seuls, l'acquit des centimes additionnels votés pour des travaux; même au cas que les fermiers fussent obligés au paiement de l'impôt accoutumé.

Car, rien n'est plus simple, plus facile à distinguer que le revenu, d'avec le profit : celui-là qui est le résidu finalement extrait ; celui-ci qui est la matière soumise à l'extraction :

Le premier qui suivant la loi sociale, aboutit généralement à une dépense subséquente ; le second qui, suivant la loi naturelle, émane nécessairement d'une dépense antérieure.

Quant aux biens en ferme, la désignation, la démarcation entre le revenu et le profit, se trouve patente, palpable : attendu que l'un revient à telle personne, et que l'autre appartient à toute autre.

Quant aux biens cultivés par les propriétaires, le travail est plus délicat, pour discerner l'un de l'autre : par la raison qu'ils sont confondus dans les mains du même être.

Et cependant, cette appréciation au moins approximative doit précéder aussi l'application, doit présider de même à l'exécution.

En altérant les moyens, en arrêtant le mouvement du travail adhérant aux fermiers, il en résulte l'appauvrissement des produits, et le manque en quantité, et la hausse dans les prix ; à l'égard des villes nourries par la récolte des champs.

En atteignant, en attaquant les modiques fruits du travail inhérent aux cultivateurs, il s'ensuit la réduction des alimens nutritifs et la diminution des forces productives ; à l'égard de ceux-là même qui n'ont pour fin en ce monde, que de vivre.

(25)

Or ces deux intérêts étant protégés et garantis ainsi qu'il se peut, il ne reste qu'à repousser les objections les plus futiles, au sujet de l'élévation du subside foncier.

« De là, la justice, la nécessité de ménager la propriété : autrement elle dépérit.

« La terre frappée d'exactions sans terme, demeure inculte.

« En augmentant l'impôt, on confisque une part de la propriété. » (*Rapport sur les recettes*, 1852).

Dans ces paroles de l'homme le plus distingué en finances, il est supposé, ce semble, ou que l'impôt foncier est prélevé sur les profits ruraux; ou que le revenu sur lequel est perçu l'impôt, allait s'employer au soutien de la culture.

Mais qu'on voie donc, qu'on regarde autour de soi : et il apparaîtra qu'au temps qui court surtout, le revenu des fermes presque en totalité, pour se servir d'une expression banale, se mange.

Et qu'il ne se rencontre guère, que le revenu vienne porter aide aux travaux du fermier, ni même qu'il aille accorder des termes au paiement du bail.

Et que tout au plus, il est appliqué à quelques réparations souvent peu pressantes, ou à de certaines améliorations, à la décharge des capitaux.

Emplois qui ne montent pas au vingtième du montant total et par conséquent ne méritent aucune considération.

Viennent ensuite d'autres orateurs qu'il n'y a nullement à lui comparer, s'écriant que la hausse de l'impôt entraînera la hausse des blés :

De même qu'ils s'écrient au sujet de la loi sur les céréales, que la baisse des blés ne laissera pas aux propriétaires, le prix nécessaire.

Quant au premier dicton qui est banal au point d'avoir droit à ce nom, les gens qui le répètent en millième écho, n'ont donc aucune connaissance des lois du marché, si bien exposées par l'illustre Smith.

L'impôt s'acquitte sur le revenu, sur le résidu net des produits, et par conséquent n'affecte en rien, les avances de la reproduction.

Même l'impôt serait prélevé sur les profits, ou serait perçu sur les produits, qu'il n'influerait pas à l'égard du cours vénal du blé.

En ce cas extrême, le contribuable et le cultivateur ne faisant qu'un, s'entendraient vite ; et conviendraient que celui-là reporterait le montant de l'impôt, en épargne sur ses dépenses personnelles ; afin que celui-ci conservât les mêmes moyens de puissance, à l'effet de semer et de récolter :

Par cette simple raison, qu'en laissant se réduire leurs forces productives, ils perdraient chaque année le quintuple et le décuple sur la somme des fruits ; et qu'après un petit nombre d'années, les pertes s'exagérant progressivement, ils ne garderaient pas de quoi fournir à leur subsistance :

Au lieu qu'en se resserrant quant aux dépenses du ménage, et ne prenant point sur les avances de la culture, les retours, les produits resteraient au même taux : donnant l'espérance de n'avoir bientôt plus à vivre d'épargne :

D'où la production demeurant égale et leur consommation devenant inférieure, le marché porterait à la fois autant d'offres, moins de demandes ; et les besoins de vendre ne pourraient se remettre de même : ce qui amènerait la baisse au lieu de la hausse.

Ici, les argumentateurs vont se retourner, affirmant pour dernière ressource, que les producteurs n'obtiendraient plus le prix nécessaire.

Le prix nécessaire ! mais il faudrait pour le garantir, infliger un *minimum* de cours, et en outre, obliger chaque consommateur à lever sa quote part relative, jusqu'à l'accomplissement des ventes à faire.

Le prix nécessaire ! mais quelle est l'industrie qui en jouit de fait, qui le possède en toute propriété ? Et malgré cela, l'industrie ne s'arrête pas ; au contraire elle avance en ses progrès, afin de faire fléchir le prix nécessaire, au niveau du cours possible.

Contre une telle rêverie, il y a d'abord à appuyer sur ce point qui la réfute d'emblée.

De plus, il y a à observer, que le prix censé nécessaire se compose et du montant des frais de production, et de celui des dépenses de ménage ;

lesquelles sont susceptibles de réduction et s'y soumettent à l'ordre du besoin.

Encore, ce mot nouveau a quelque sens, au sujet des objets fabriqués à l'aide des machines, parce qu'alors, les dépenses personnelles sont presque nulles vis-à-vis les frais matériels :

Mais en fait d'industrie privée, en fait de culture surtout, le mot est de la plus fausse entente.

Mieux vaut vivre mal, que ne pas vivre du tout.

Partant, sauf que le dogme du fanatisme ne prenne en France, on travaillera, on produira, on vendra; tout de même, soit que le profit aille en augmentant, ou en diminuant.

Rapport sur le budget des recettes. (1832)

« En 1786, le produit des impôts s'est élevé à 880 millions. Laquelle somme, par la raison que l'argent ne vaut plus ce qu'il valait alors, représente de nos jours 1,150 millions. Et ce fardeau si accablant par son poids, le devenait bien plus encore par l'inégalité monstrueuse de la répartition.

«Maintenant, comparez la situation de la France aux deux époques. Qui oserait nier que la richesse ne se soit accrue avec une rapidité prodigieuse? nul doute que la valeur de la production française n'ait plus que doublé depuis 1786, et que les charges du pays comparées à son revenu, ne soient réduites de plus de moitié (*page 9.*)

« Sous l'administration de M. Necker, les impositions territoriales s'élevaient à 190 millions qui
représentent de nos jours, une valeur de 250
millions.

« La contribution foncière fondée en 1790 par
l'assemblée constituante a été fixée à la somme de
240 millions (*page* 12.) »

Cette dernière somme représente de nos jours,
dans la même proportion, celle de 320 millions.

Et la production française ayant doublé depuis
1786, c'est tout au plus, si le revenu net évalué
dans le rapport à 1,700 millions en 1832, montait
à un milliard en 1786 ou en 1790 (1).

D'où, en 1790, un milliard de revenu payait
320 millions, à raison du tiers : tandis qu'en 1832,
1,700 millions de revenu ne paient que 250 millions, à raison d'un septième.

D'où, si 1832 était taxé au même taux que
1790, il aurait à payer 560 millions : c'est-à-dire
au-delà du double de ce qu'il paie.

Encore le revenu actuel dépasse beaucoup la
somme de 1700 millions : ainsi que M. Dupin
l'aîné l'a déclaré dans la discussion sur la pairie,
en disant que 3,000 fr. d'impôts représentaient
30,000 fr. de rentes.

---

(1) M. Charles Dupin vient à l'appui de ce calcul.
« Les revenus de Paris se sont élevés , en quarante années , de 322 à 894 millions : les revenus de la France se
sont accrus de 5 à 8 milliards. » (*23 décembre 1831.*)

Comme aussi, la totalité des charges de la terre, y compris les rentes et les dîmes, les corvées et les banalités, les frais de justice seigneuriale, n'a point été calculée dans l'évaluation de 190 millions: sans parler des droits plus élevés de rachats et de lods et ventes (1).

De plus personne n'ignore que les terres du clergé et de la noblesse étaient exemptes de l'acquit desdites charges; et subvenaient, en un très faible rapport au paiement des deux vingtièmes : ce qui aggravait considérablement le fardeau imposé aux autres biens.

Voilà la comparaison en fait de temps : et voici la comparaison en fait de lieux.

Discours du Ministre du Commerce: 23 *mars* 185 2.

« On a dit : le prix rémunérateur est véritablement de 62 schellings, en le basant sur les véritables frais de culture et sur le bénéfice qu'il est juste de laisser au producteur. Mais le propriétaire et le fermier sont soumis au paiement d'impôts fort élevés, dont les grains étrangers qui entrent en Angleterre ont été exemptés : ainsi la taxe des pauvres monte à 175 millions, les dîmes à 112 millions, la contribution foncière à 5o millions.

---

(1) M. Laffitte a prononcé en 1829, ce semble , le plus remarquable discours au sujet de l'infériorité comparative des charges actuelles avec les charges anciennes : dont malheureusement , la date exacte est sortie de la mémoire.

(31)

Cela fait en tout 334 *millions*, que paient le propriétaire ou son fermier : s'ils doivent subir la concurrence des grains étrangers, il est juste que ces grains soient soumis à un droit qui compense les charges des impôts perçus sur la propriété.

« Si on admettait le même raisonnement en France, à quel droit protecteur arriverait-on ? l'impôt foncier est de 244 millions ; le territoire est infiniment plus étendu que celui de l'Angleterre ; *les produits des récoltes sont presque triples* ; de sorte qu'en adoptant le même point de départ, on arriverait en France, à un droit protecteur trois fois moindre que celui de l'Angleterre. »

Or est-il permis d'espérer que la vérité apparaissant sous un titre officiel, sera plus chanceuse qu'elle ne l'a encore été.

La France paie 250 millions : l'Angleterre paie 334 millions. En France les produits des récoltes sont presque triples de ceux de l'Angleterre.

En France, le revenu net est, suivant le rapport, de 1,700 millions ; et dans la réalité, est plutôt de 2,400 millions.

Donc le revenu net de l'Angleterre ne doit pas s'élever à un milliard.

Là un milliard de revenu net, paie 330 millions, à raison du tiers, justement au même taux que la France payait en 1790 et 1786.

Ici, 2,400 millions de revenu, ne paient que 250 millions, à raison du dixième.

Que répondre à cela ? autant les données sont incontestées ; autant les conséquences sont in-

contestables : car celles-ci présentent la traduc-
tion littérale de celles-là.

Dans la France de 1790, et dans l'Angleterre
de 1832, les biens fonds subviennent dans le rapport d'un tiers du revenu.

Dans la France de 1832, ils ne subviennent
que dans la proportion d'un dixième.

Cela est inconcevable, si bien qu'il faut à tout
moment, reporter l'œil sur les chiffres, et re-
prendre à nouveau le calcul.

Cela est intolérable; surtout en un pays, en
des temps, où les taxes ressuscitées des ténèbres
du passé, se trouvent incompatibles avec le maintien de la paix publique, de la vie organique, de
la richesse nationale.

Dans le même rapport que l'ancienne France
et que l'Angleterre actuelle, la France aurait à
payer 800 millions, au lieu de 250 millions.

Cependant il n'est parlé que de prolonger les
30 centimes de 1831, de fixer le contingent à
300 millions, au tiers environ de la somme qu'elle
aurait à payer à leur exemple.

Et un cri s'élève, un cri de réprobation, de
malédiction : la guerre, la conquête, la servi-
tude, seraient, ce semble, moins pénibles à supporter.

D'où vient cela? Écoutez.

« La révolution de 89 extirpa le principe aristocratique; la restauration lui rendit l'existence,
en lui donnant pour fondement la propriété fon-

cière. Mais à la différence de la noblesse qui sub-
siste par elle-même, tant que les peuples veulent
bien y croire, l'aristocratie foncière n'est quelque
chose que par ses revenus : aussi sa marche naturelle est de s'emparer d'abord des droits politiques, puis de les faire servir à l'accroissement
de ses avantages pécuniaires.

« Voilà pourquoi sous l'empire d'une charte
qui attribuait toute l'influence politique, à la propriété grande et moyenne, il s'opéra par les lois,
une révolution économique, tendant sans cesse
à réduire les charges du sol et à élever la valeur
de ses produits.

« Il est évident que nous sommes toujours
dans les mêmes voies ; et que le dégrèvement de
l'impôt foncier, par exemple, est également en
faveur. A cet égard, il n'y a plus ni droite, ni
gauche, ni juste milieu : il y a des propriétaires
stipulant pour leurs fermages. Si les masses peu-
vent encore trouver quelque protection, c'est du
gouvernement qu'elles doivent l'attendre. » (*Journal du Commerce : 25 mars.*)

Ce langage tenu au sujet de la loi sur les céréales est applicable de même à la question
présente.

Ainsi qu'on le devine, de nulle part, il n'y a
été répondu en paroles ; comme aussi de nulle
part, on ne s'y conforme quant aux actes.

La thèse est trop mauvaise à prendre en droit
fil : il faut la laisser à l'écart, et, par un tour

d'escamotage, lui substituer quelque autre thèse.

'Pour combattre les droits , les besoins de la nature la plus prépondérante , on mettra en avant, des droits , des besoins de sorte à peu près équivalente.

Il faut citer encore un homme dont les grands talens se soumettent trop souvent à des influences funestes.

« La propriété divisée et morcelée à l'infini est parmi nous, le pain du peuple. Quelques indications vont mettre cette vérité dans tout son jour.

« En analisant l'état des 10 millions de cotes foncières, on trouve sur mille cotes.

780 au-dessous de 20 fr., maximum du re-
    venu. . . . . 137 fr.
65 de 21 à 30 fr. . . . . 206 fr.
62 de 31 à 50 fr. . . . . 343 fr.

« Ainsi sur dix cotes, plus de neuf représentent un revenu net et annuel de 343 fr. au *maximum :* et c'est en présence d'un tel état de choses que l'on ose traiter la propriété en ennemie. » (Pages 12 et 13.)

Le rapport offre les bases, omet le résumé.

Les cotes donnent les chiffres : les cotisables donnent les écus.

On aurait dû rechercher combien il existe de cotisables, à payer les dix millions de cotes : travail facile au gouvernement.

Au cas que l'un dans l'autre, il faille trois cotes

pour faire un cotisable, on ne sait plus, si les neuf
ou les huit ou les sept dixièmes, etc., etc., etc.,
ont un revenu de 343 fr., au *maximum*.

On ne sait pas quel est le nombre des cotisables
qui paient au-dessous de 20 fr.

On ne sait pas pour quelle part des cotisables,
il est vrai de dire que la propriété soit le pain du
peuple.

Suivant toutes les probabilités, il y a au plus
trois millions de cotisables payant au-dessous de
5o à 6o fr., et possédant en moyenne, un bien de
3oo fr. de revenu : attendu que c'est au dixième
et non au septième, qu'on doit calculer le rapport de l'impôt avec le revenu.

Déja, au taux de 3oo fr. en revenu net, la famille cotisable de quatre personnes travaillant la
terre par ses mains, ou par d'autres mains à
charge de retour, rencontre une existence sup-
portable.

C'est la classe inférieure qu'il faut seule consi-
dérer, la classe imposée à moins de 20 fr., et
jouissant d'un bien au-dessous de 2oo fr. en revenu; sauf encore dans certaines contrées, où la
sorte des subsistances permet de vivre à la rigueur, sous les cotes les moins faibles.

Ainsi examinant et analisant, on arrive après
les défalcations opérées, à présumer que des trois
millions de cotisables ci-dessus désignés, la moitié ou le tiers seulement se trouve en cet état, où
la propriété est à proprement parler, le pain du

peuple, le pain à peine suffisant aux nécessités.

Encore parmi la fraction restante, le paiement de l'impôt, ne manque pas d'être allégé, soit par l'admission de la patate dans le régime, soit par l'augmentation de travail et l'amélioration des procédés.

Certes, il y a de quoi s'étonner et rester stupéfait, à voir comment le pain du peuple est tenu à l'abri de toute atteinte, en tant qu'il émane de la terre; alors que le pain du peuple qui provient du travail, est, livré en proie à l'avidité des taxes fiscales.

A voir quelle délicatesse scrupuleuse est portée vis-à-vis de ceux qui ont d'abord le produit du bien et de plus le produit des bras; tandis que ceux qui de même ont les bras et qui de moins ont le bien, n'inspirent aucune commisération.

Toutefois, à Dieu ne plaise que ces lignes tendent à déprécier les droits de cette population de paysans propriétaires; où se confinent les mœurs, où se nourrissent les forces; et d'où s'élève de degré en degré, la race naturellement destinée à recruter les rangs peu à peu dégénérés et bientôt anéantis de la société urbaine.

Au contraire, la pensée est toute conçue dans leur interêt, plus encore qu'en tout autre : mais il fallait dévoiler au grand jour, le faux semblant de pitié, dont prétend se couvrir l'impitoyable avarice.

Il fallait éliminer de l'équation compliquée du

système bursal, cette inconnue dont il était fait tant d'état, et qui dans la réalité, n'équivaut guére qu'à zéro.

En telle façon que cette vérité fut mise pleinement en lumière.

« Il arrive heureusement en France que les trois quarts des revenus, émanent en dernière analyse du capital foncier : la puissance vitale de l'état naît de cet ordre de choses ; telle en est l'énergie que les pertes sont bientôt remplacées, que les obstacles sont bientôt renversés. Il n'est que deux voies pour miner et détruire la force et la richesse nationale : massacrer les habitans, incendier le pays, voilà la première ; imposer des subsides qui nuisent à la population ou à la production, voilà la seconde. » (*Quelques vues sur les finances* : 1816.)

« C'est l'œuvre la plus délicate que de balancer les intérêts opposés de la richesse et de la misère. Le talent et le pouvoir, la parole et la plume, tout est aux mains ou aux pieds de la première : les questions de cette sorte se décident d'emblée, sans qu'il y ait ouverture aux débats; et avec l'aide du temps, leur solution est consacrée sous le titre d'axiomes.

« Malheur à qui prétend attaquer l'idole! mais l'idole n'est assise que sur le sable, et tôt au tard cette base mouvante s'échappe sous la masse gigantesque. (*De la taxe du sel* : 1814.)

On ne saurait dénombrer combien de préjugés ressortent d'un tel état de choses.

Tantôt c'est la tribune qui s'écrie : l'impôt progressif est jugé définitivement.

Pauvre tribune, qui niaisement parfois et périlleusement parfois, fait de la politique progressive ; et qui ne sait pas encore, qu'à la suite, qu'en conséquence, il se fera bon gré, malgré, de l'économie progressive.

Pauvre tribune, qui ne voit pas que la société maintenant trop dépensière, n'a moyen de se préserver de l'impôt progressif, qu'à l'aide de l'impôt rétrogressif : comme il a été exposé ailleurs.

Tantôt, et cette fois dans les livres, l'anathême

est lancé au préalable contre tout impôt sur le capital.

Comme si un impôt de cette sorte, au chiffre de 100 millions par exemple, à extraire du capital national qui s'élève au-delà de 80 milliards, devait en emporter plus d'un huit centième :

Tandis qu'une fausse mesure, qu'une faible récolte, qu'une crise fortuite, qu'une révolution juste ou non, va tout à coup le réduire d'un dixième, d'un cinquième et plus.

Comme si au sujet d'un impôt quelconque, la loi était capable de prévoir et de prévenir qu'en partie ou en totalité, le contribuable en prélevât le montant sur le capital ou sur le revenu.

D'autant que cela doit être décidé au moment même, par l'abondance ou la pénurie, par l'économie ou la prodigalité.

A ce sujet, ainsi qu'en tout point à peu près, quelque idée vaine ou plutôt quelque mot vide de sens, s'insinue par hasard dans la tête, et s'y loge à demeure, s'y installe au faîte :

Soit que le sens de la vue, ou le tact de l'analyse, ou le mouvement de la pensée, ou le pouvoir du jugement manquent tout-à-fait.

Aussi l'idée ou le mot de capital domine, commande, sans qu'on ose se rendre compte, ni de ce que c'est que le capital, ni s'il n'y a pas capital et capital.

Voyons s'il est possible de le faire entendre, en recourant encore à des écrits vieux de mémoire, jeunes de vérité.

« Si le travail ne crée pas la matière, au moins il l'améliore, il crée la valeur : le travail représente comme une sorte de capital intelligent, dont l'alliage avec les capitaux matériels leur imprime seul un titre effectif, efficace.....

« Tout impôt qui se prélève sur le strict nécessaire, détermine l'altération des forces ; soit que l'ouvrier se soumette à la privation, soit qu'il tente de la surmonter par un excès de labeur. D'où il résulte une déperdition du capital intelligent, du capital de travail, qui devait s'exercer sur les capitaux matériels pour accomplir l'œuvre de la production. (*Notes sommaires sur le budget de* 1816.)

Ah ! s'il s'agit du capital intelligent, du capital de travail, qu'on le respecte, qu'on le protège, qu'on le favorise.

Il est le père nourricier de la civilisation ; fille trop souvent dénaturée et inconsidérée, à l'égard de celui dont elle tient la vie.

Même, c'est afin de le garantir de toutes charges, de toutes entraves, qu'il y a obligation de reporter le poids entier des impôts, ou sur le revenu disponible, ou à défaut sur un capital quelconque.

C'est pour ne pas épuiser par des saignées, la source primitive des richesses, qu'il est commandé de puiser largement dans l'océan des produits qui en découlent.

En ces temps, le capital national avait été divisé et distingué sous ces titres :

1° Le capital foncier, ou la valeur des terres, fond inerte et stérile en lui-même, qui est exploité à l'aide du capital rural et ne porte que les valeurs que celui-ci en tire.

D'où il résulte que le premier étant décuple du second, le produit commun ne s'élève qu'au dixième de son montant, alors qu'il équivaut au total de l'autre.

2° Le capital rural, ou le fonds d'ensouchement et d'exploitation de la terre, principe éminemment productif, semence procréatrice qui féconde la terre, cette matrice naturelle de toutes les valeurs.

Dont il a été dit qu'une masse immense de travail est afférente à son usage, et que la somme entière des produits émane de son exercice : en telle sorte que la destruction d'aucun de ses instrumens, où la soustraction d'aucun de ses élémens, détermine en un degré très haut, la perte des emplois et le manque des subsistances.

3° Le capital industriel, ou le fond d'exploitation des fabriques et usines, à la fois aliment et agent de la main d'œuvre, qui donne la façon aux matières brutes et leur imprime un prix de plus en plus haut.

À l'égard duquel, la somme des valeurs obtenues est bien éloignée de s'élever annuellement au pair du capital même, comme au sujet du capital rural : ce qui rend sa diminution moins funeste en résultats.

Encore, les pertes qu'il subit, emportent seulement une certaine somme de travail, dont les auteurs rentrent facilement aux emplois de la culture ; et ne réduisent aucunement la masse naissante des produits destinés à l'aliment, au vêtement, etc., etc., etc.

4° Le capital rentier, qui est aliéné à titre de prêts, soit à l'Etat, soit aux particuliers, et qui grève souvent le capital foncier, le capital rural ou industriel.

Lequel étant improductif à l'origine, devient productif comme de seconde main, en passant au service de la culture ou de l'industrie ; et à ces titres doit être, d'une part, favorisé dans ses moyens de transfert, de la bourse de l'oisif à la caisse du travailleur ; doit être, d'autre part, retenu et réprimé, en tant qu'il exercerait avec trop de rigueur ses droits légaux sur les moyens de travail.

5° Le capital usuel ou le mobilier proprement dit, qui montre le caractère d'un fonds amorti par son emploi, d'un fonds mort en fait de-valeurs : sauf pour la portion qui parfois est prêtée à prix d'argent aux agens de la production.

Quant à celui-là, nul ménagement n'est à observer sous le rapport de la richesse publique, ni même de l'existence privée : seulement il y a à le respecter dans la vue morale de ne pas affecter, altérer la position acquise.

Enfin, autant qu'il semble, les maisons de location, ont à être comprises dans le capital rentier, et les maisons d'habitation, dans le capital usuel.

De même que le numéraire appartient aux capitaux rural, industriel et rentier, suivant la direction de son mouvement; et se confond avec le capital usuel, dans l'état de stagnation :

Sauf toutefois en certaines époques de transition, où il remplit l'office passager d'intermédiaire, pour transmettre de l'un à l'autre, par la voie de l'achat, tel fonds de terres, de maisons ou de rentes.

Or, des cinq capitaux, foncier, rural, industriel, rentier, usuel, le dernier est improductif par essence; et l'avant dernier, ne devient productif que par occasion; et le premier ne demeure productif qu'à l'aide du capital rural.

Ainsi s'assimilant à peu près entre eux, ainsi s'accommodant tous de même, à subvenir aux charges publiques, sans faire encourir de risques, sans faire subir de pertes, ni à la population, ni à la production.

Tandis que les deux capitaux rural et industriel, celui-là à un titre bien plus haut que celui-ci, sont à peine atteints par l'impôt, que l'existence de l'être et la richesse de l'Etat en pâtissent progressivement.

Il faut les garantir à tout prix : et la somme de l'impôt étant fixée par la loi des nécessités, il est besoin, à cet effet, de charger et recharger les autres capitaux, ou plutôt les fortunes qui se composent par leur alliance; sans craindre aucunement que son acquit soit repris sur le capital, plutôt que sur le revenu.

De là, en premier lieu, apparaît l'excellence de la contribution mobilière, en sa vraie et juste entente, dont la nature a été exposée en ces termes :

« Dans les premiers temps, le tribut était prélevé sur les produits agricoles, attendu que les produits industriels ne se rendaient pas sur le marché, et même que le revenu réel et disponible ne se formait pas encore.

« Lorsque la fabrique, jusqu'alors privée et bornée à la famille, vint s'offrir à l'échange, et bientôt à la vente, le tribut dut être perçu autant que possible sur chaque acte de vente en vue de dépenses, sur chaque fait patent de consommation.

« Mais il n'y avait moyen ni de se tenir aux aguets de toute dépense, ni de la saisir à juste point, de la frapper en juste mesure : d'où telle classe, telle contrée, en raison de la différence des habitudes, était inégalement taxée.

« Ainsi l'idée vint, plutôt instinctivement que rationnellement, d'établir la contribution dite mobilière, dont le taux se détermine d'après les signes ostensibles de la consommation totale, afin de redresser quelque peu la balance faussée de la justice.

« Laquelle apporte une épargne notable quant aux faux frais, aux pertes sèches, aux risques de fraude ; et qui, si elle ne se préserve pas dans l'exécution , de l'arbitraire de l'homme ; aussi ne dénonce pas dans la conception, l'arbitraire de la loi même. » (*De la Matière imposable*, 1829.)

L'Angleterre a perçu pendant quinze ans, au taux de 12 millions sterlings, la taxe sur le revenu, subside tout-à-fait analogue.

La France doit élever la contribution mobilière devers cent millions, dont les grandes villes et les châteaux, les maisons de campagne ont à supporter les trois quarts : se mettant ainsi en état de limiter l'impôt personnel et les portes et fenêtres, en deçà du point de la malaisance.

Mesure qui, à l'égard de Paris par exemple, ne pèserait pas davantage que la rédnction projetée des rentes ; et différerait en ce que la charge serait répartie proportionnellement , au lieu que celle-ci frappe à tort et à travers, surtout sur la modique aisance ; sans autre avantage que d'éviter la peine et les frais de dresser le rôle exécutoire.

Jusqu'à présent, il s'agissait d'atteindre les rentrées naturellement occultes du capital rentier, et les bénéfices artistement voilés du capital rural et industriel: même au risque de frapper sur le capital usuel, dépourvu de fruits.

Maintenant, ce ne sont plus ni rentrées ni bénéfices, ce ne sont ni revenus ni capitaux qu'il y a à faire subvenir.

Il faut plutôt, à l'époque de la translation, de la transmutation , saisir le bien meuble ou immeuble, qui n'appartient plus au possesseur décédé, et dont ne jouit pas encore le successeur désigné.

La chose est présente ; l'être est absent : c'est un impôt vraiment réel, nullement personnel.

« En fait de mutations à titre gratuit, à peine peut on dire que ce soit une charge : si l'on veut y voir un tribut, il n'y a pas moyen d'y voir un contribuable. Le revenu n'est point altéré ni la dépense affectée : les habitudes de la vie demeurent telle qu'elles sont. L'impôt frappe sur l'avenir et non sur le présent ; il n'occasione qu'un retard à l'accroissement des jouissances. » (*Idem.*)

- Quant aux successions collatérales, elles n'incombent plus qu'en façon d'aubaine : si le droit est valide, l'attente n'est pas sortable, pas valable. Et plus que le droit encore, l'attente mérite des égards, parce qu'elle tient à l'existence morale.

Quant aux successions directes, le caractère de l'aubaine se rencontre de même dans la portion disponible au gré des parens : soit qu'elle advienne sous la forme de legs, ou qu'elle suive la voie naturelle.

Les mutations par donation montent à 430 millions. (*National* : 5 mars.)

Les mutations par décès s'élèvent à 950 millions.

Or, quant à la portion disponible qui équivaut au tiers du total, un droit de 5 p. o/o ne paraît point exorbitant.

_ A l'égard des deux autres tiers, un droit de
2 1/2 p. o/o semble fort convenable.

C'est en somme plus de 40 millions , sans parler de la progression du tarif, en raison de l'in-
tensité des rentrées.

Dans la considération de ces capitaux de di-
verse nature, le capital foncier est trop massif,
pour que l'impôt l'affecte jamais en une façon ap-
préciable.

En outre de ce qu'il est tellement sujet à subir
de jour à autre des variations énormes, que le
coup de l'impôt ne marque pas en comparaison.

Quant au capital rentier, comme il n'est qu'ac-
cidentellement productif: c'est chose peu impor-
tante, que l'impôt soit acquitté par lui en quelque
portion.

Quant au capital usuel, comme il est essentiel-
lement improductif, la chose est tout-à-fait indif-
férente, sous le point de vue de la richesse nationale : et seulement elle doit être évitée, autant
que possible, sous le rapport de l'existence, de
l'aisance privée.

Restent le capital rural et le capital industriel,
qui seuls contiennent les élémens et les agens de
la production, qui seuls fournissent les alimens de
la consommation.

Ici, le respect est commandé au degré le plus
éminent, en une façon exclusive, à bien dire.

Jamais le monopole du droit ne fut décerné et conféré à d'aussi justes titres.

Mieux vaudrait soustraire au capital foncier une somme de 100 millions, qu'une somme de 10 ou de 5 millions, au capital rural et même industriel.

Il faut s'entendre à l'égard du premier de ces capitaux, dont l'accroît ou le décroît ne compte qu'en statistique, ne marque point en économie.

Le capital foncier au cours vénal, avait, en 1830, haussé de moitié en sus, depuis 1815 : sans que, par cet effet, ni la richesse nationale, ni l'aisance privée eussent profité en rien.

Sa hausse et sa baisse sont fort analogues à celle des fonds publics, dont la rente n'en reste pas moins invariable.

« Lorsque le prélèvement de l'impôt s'opère sur le capital foncier, il en résulte tôt ou tard quelque aliénation partielle des propriétés, et par suite une dépréciation dans leur valeur vénale.

– « Mais la valeur du bien aliéné n'est point affectée en son essence, n'est point altérée quant à ses provenances : même le plus souvent, elle s'améliore sous les mains du nouveau possesseur.

« Et la dépréciation du cours laisse au même taux, le revenu annuel pour le propriétaire exempt de vendre : seulement elle enlève à l'Etat une certaine part de la valeur soumise au droit de mutation.

« De sorte que l'imputation des subsides de

guerre est naturellement appelée à porter sur le capital foncier.

« Toutefois, non sans observer que les petites fractions de ce capital sont confondues chez le propriétaire cultivateur avec des valeurs éminemment productrices, qui ne doivent pas être atteintes.

« En raison de quoi, l'impôt doit être établi sous un mode progressif. » (*Quelques vues sur les Finances*, 1816.)

Ces valeurs éminemment productrices composent le capital rural ou le fonds d'exploitation.

Mais au contraire des prescriptions dictées par la sagesse, par la justice, à l'effet de le tenir hors de toute atteinte ; on omet de le protéger, on manque même à le reconnaître en son siège, c'est à-dire chez les petits cultivateurs et chez les fermiers.

Abandonnant ceux-là à l'oppression progressive des impôts, des taxes de toute sorte, et ceux-ci aux vexations inconsidérées des propriétaires, ainsi qu'il a été exposé plus haut.

De plus, il y a entre le capital rural et le capital industriel, ces deux causes déterminantes de la prééminence du premier :

D'abord, c'est lui et lui seul qui fournit la vie, de façon qu'il lui faut être en voie de progrès, à raison du mouvement de la population ; et que, s'il reste en l'état d'arrêt, surtout s'il passe à l'état de recul, la subsistance fait défaut à un certain nombre d'êtres.

4

Ensuite, lui seul aussi n'est point doué d'obtenir un prix plus haut de vente, alors que, par l'effet des taxes, ses frais de production ont haussé ; ni de se resserrer dans ses emplois, de façon à prévenir le dommage causé par la faiblesse du cours.

Au lieu que le capital industriel est libre, à un certain point, après quelque temps, de réduire la masse dé l'œuvre fabriquée ; et en tenant le marché moins chargé, il est certain de relever les prix à un juste taux de compensation.

Deux points liés l'un à l'autre, sur lesquels il n'y a rien à répondre, au génie créateur de la science économique.

« Quand une taxe est imposée sur les profits d'une branche de commerce, les fabricans retirent une part de leurs fonds et jettent moins de biens (*goods*) sur le marché : d'où les prix s'élèvent et le paiement final de la taxe tombe sur le consommateur.

« Mais quand une taxe est imposée sur les profits de l'agriculture, il n'est pas possible aux fermiers de retirer aucune part de leur capital : car une certaine quantité est nécessaire à la production ; et en la réduisant, le fermier serait moins capable encore de payer la rente ou la taxe.

« Il est contre son intérêt de diminuer la quantité de ses produits et de fournir le marché avec plus de mesure ; de manière à faire hausser le prix vénal.

(51)

« Le fermier n'a d'autre ressource que de payer une plus faible rente aux propriétaires : plus il doit payer sous forme de taxe, moins il peut payer à titre de rente.

« Ainsi une taxe de cette sorte, pendant la durée du bail, opprime et ruine le fermier; et lors du renouvellement, elle frappe toujours sur le propriétaire (*Smith : vol. 3, p.* 307.)

Ces dernières paroles disent tout.

Pour les terres affermées, pendant le cours du bail, la rente est à servir au même taux, en tout état de choses.

Si la récolte est faible, il est difficile de payer la rente; si elle était nulle, cela serait impossible.

Aussi sous le coup de la taxe la plus lourde, le fermier ne cesse de travailler, ne manque pas de travailler de plus en plus; poussant jusqu'à l'épuisement des forces physiques, et épargnant sur les sources de leur renouvellement.

Pour les terres cultivées par le propriétaire, au lieu de la rente du bail, c'est la rente de la vie qui est à servir en tout cas.

A la vérité, elle est réduite dans l'impuissance absolue : mais encore elle ne se réduit pas à rien; et pourtant à défaut de culture, le sol ne fournirait plus rien.

Tellement que la taxe venant à dévorer la moitié des fruits, il faudrait s'évertuer d'autant plus, à l'effet d'élever la moitié restante, de quelque fraction.

›La chose est toute autre quant à l'industrie.

D'abord la rente du bail est faible de valeur relativement parlant : puis la rente de la vie, n'est compromise que chez les hommes de main-d'œuvre, qui au besoin, sont jetés dehors et mis à la merci.

Néanmoins, ce ne sont qu'égards et faveurs, que graces et primes, à dispenser aux souverains de la fabrique et du commerce : tandis qu'il n'y a que dédain et mépris, que charges et gênes à infliger aux sujets de la culture.

La cause réside en ceci ; que les uns ont l'intelligence et sont en alliance : au lieu que les autres sont dénués de tous moyens moral et politique, sont éparpillés au loin, sur le vaste sol.

Or, on ne peut rendre aux uns sans prendre aux autres : car l'ordre social a pour image, le syphon dont une branche ne s'emplit qu'autant que l'autre se vide.

Qu'est-ce donc que le commerce? quel est le droit sens de ce vain mot ?

« C'est à grand tort que le commerce est investi d'une sorte de prééminence, qui souvent le perd en dernière analyse, et toujours nuit à l'intérêt social pris en grand.

« Le commerce fait le métier de colporteur : il sert de planche entre la production et la consommation ; lesquelles ont le droit de faire entendre leurs plaintes, soit que ses privilèges, soit que ses entraves leur portent dommage.

« Le commerce ne crée point un accroît réel de valeurs : son salaire est distrait du capital de la richesse nationale, plutôt qu'il ne se prélève sur ses profits successifs. (*Quelques vues*, etc., etc., 1816.) »

Voyez pourtant. En tout ce qui se dit et s'écrit, il semblerait que le commerce, soit l'être suprême, d'où tout ressort, où tout se rapporte; soit un être existant à part et prééminent au-dessus de tout?

Qu'est-ce donc que la fabrique? en quelle entente peut être prise cette expression?

« La consommation doit être considérée au titre de la fin essentielle et radicale des sociétés; de sorte que la production soit réduite au rôle de son agent obligé.

« Car la destination innée de l'être organique consiste dans le libre et plein exercice de ses fonctions : vivre et jouir renferment toutes les prescriptions de l'ordre naturel. Le travail et les capitaux n'ont d'emploi qu'à l'effet de remplir ce service, n'ont de prix qu'autant que ce service est rempli. (*Idem.*)

Voyez cependant. A toute occasion la fabrique absorbe l'attention, excite la sollicitude, ordonne les sacrifices.

Et cela est à louer, pour peu qu'une somme de travail soit déja engagée, y soit enchaînée : autant que c'est à blâmer, quand il s'agit de déterminer un afflux, un renflement de travail jusqu'alors inconnu.

« Chaque état se trouve apte et dispos à jeter plutôt telle et telle sorte de produits bruts ou œuvrés : il doit se limiter, se confiner, à la sorte qui consomme moins de frais, qui emporte moins de risques, qui garantit des profits plus intenses et plus stables.

« C'est le métier du commerce, de procurer, par la voie de l'échange, les objets qui manquent : et l'état y gagne, dès-lors que la valeur des produits indigènes s'élève au-dessus du prix des provenances exotiques (*Idem.*)

Mais la fabrique, le commerce, réunis en coalition, soit à part, soit ensemble, seuls savent parler, seuls se font entendre.

L'industrie tient à son ordre, à sa merci, et la loi et le pouvoir : usant et abusant d'eux, comme d'outils ou d'engins appropriés à rehausser ses profits, au détriment de la culture.

Malencontreuse industrie, que le démon de cupidité trompe et leurre sur le point le plus capital : car d'autant les charges s'accumulent sur la branche vitale de la production, d'autant les commandes se raréfient au sein du marché ; pendant que les denrées et les salaires menacent de hausser de prix.

Au fait, rien n'intéresse la fabrique et le commerce que d'être garantis des chances de la rivalité étrangère : en quoi le service des douanes les protège efficacement.

Il leur importe à peine, ou que les matières brutes

soient fournies à bas prix, ou que les frais de transport fléchissent, ou même que les taxes soient allégées.

Car ils n'ont qu'à débourser les avances, et sont certains d'en être remboursés à la vente.

Seulement la consommation se ressent parfois, encore pour le moment, de façon que la production est tenue à se retenir.

Or ce resserrement serait presque inappréciable au cas de l'élévation des droits d'entrée ; soit sur les cotons, attendu que la main-d'œuvre décuple la valeur première ; soit sur les sucres, par la raison que cette denrée est devenue de nécessité, parmi les classes aisées.

L'industrie rêve la fortune, comme dans les nues, et hâte ses pas à l'aveugle vers le précipice.

C'est en son sein même que réside le serpent dévorant: c'est la concurrence respective, d'où lui viennent tous les périls.

Et la concurrence, sa mortelle ennemie, est d'autant excitée, devient plutôt exagérée ; en proportion, en raison du succès de ses ambitions avides, de ses prétentions coupables.

« Ainsi quant aux cotons, la modicité du droit d'entrée à raison d'un à deux sous par livre, d'un huitième de la valeur réelle, n'a travaillé qu'à élever des établissemens sans nombre, à appeler des fabricans sans conduite, à jeter des tissus sans consistance ; et comme l'œuvre de la matière pre-

mière, vivement sollicitée par les demandes de
l'industrie, s'est exagérée en somme, s'est avilie
en prix, n'a réussi qu'à exposer aux risques, cette
branche de la production, qu'à la pousser sur le
bord de l'abîme.

« Ainsi, quant aux sucres de nos îles, la différence du simple au double, entre leur tarif et
celui des sucres étrangers, a dû, en livrant le
monopole du marché, laisser s'endormir l'industrie des colons sur les moyens de perfectionne-
ment, et faire abandonner la culture des cafés,
faire accroître immensément la masse des sucres ;
en telle façon que le revenu s'étant à peine ac-
cru, ou du moins n'étant ni épargné, ni accu-
mulé, s'il faut s'en rapporter à l'amertume de
leur langage ; ces îles inconsidérées auront à
subir, non plus des pertes, au moins supportables,
mais une ruine totale, définitive, au jour peu loin-
tain qu'a marqué l'impitoyable sort. (*De l'impôt
sur les cotons et les sucres ;* 1829.).

A' l'égard de la culture et de l'industrie, il n'a encore été parlé que des capitaux, et non des profits, ni des revenus.

C'est qu'en premier lieu, les capitaux afférens ne jettent point un revenu net ou une rente ; dont le double caractère consiste à être fixe, ce qui ne se rencontre pas à travers les chances de leur exercice; et à être disponible, ce qui ne se réalise que sous les conditions de la fixité.

Dans la réalité, le revenu ou la rente émanent seulement du capital foncier et du capital rentier, s'offrant ainsi au juste et sage prélèvement de l'impôt.

C'est qu'en second lieu, ces capitaux et leurs profits se mêlent et se confondent ensemble, agissent et réagissent les uns sur les autres : tantôt les profits se résolvant en capitaux, tantôt les capitaux venant à remplacer les profits.

Si telle charge ou telle entrave atteint et atténue les profits, en élevant le prix de la matière ou de la façon, sans relever en même temps le prix de l'œuvre ; le déficit résultant est à couvrir par l'épargne du ménage ; et en cas d'insuffisance, est à prendre sur le fonds capital.

L'esprit d'ordre et d'économie, assez rare en France, est seul disposé à tenter de la première

méthode; et trop souvent las de ses vains efforts,
se rejette sur la seconde qui tout d'abord a été
suivie par l'esprit contraire.

D'où l'on voit que l'impôt doit se concentrer
sur le revenu disponible, doit épuiser en plein,
la matière imposable qu'il présente : dans la
crainte qu'il ne soit acquitté aux dépens du profit ou du capital;

Et qu'au terme extrême, à la borne fatale, il
lui faut franchement et largement, attaquer les
capitaux qui ne sont productifs que par accident :
c'est-à-dire le capital foncier et le capital rentier.

Doctrine qui restitue à l'Etat des ressources in-
commensurables, qui permet de secouer le joug
honteux et fâcheux du crédit, qui garantit et le
succès dans la guerre et le progrès pendant la
paix.

Doctrine qui dans le cas d'une guerre aggres-
sive, étant certaine d'élever les forces, au point
de préserver de la conquête, ne demanderait
ainsi au contribuable, qu'une prime au taux du
dixième peut-être, en proportion des valeurs as-
surées contre tout risque.

Mais le talent soudoyé par les intérêts, érige
des axiomes en sens contraire.

On s'écrie, qu'attaquer le capital, c'est tuer la
poule aux œufs d'or : sans dire de quel capital il
s'agit; même sans se dire que tel et tel capital est
différent de nature.

On n'entend pas qu'en prélevant sur les profits

ou les salaires, c'est laisser dépérir et mourir la poule : chose tout-à-fait semblable finalement.

Et voyez comment les esprits sont menés par des mots.

« Malheur à vous, si vous touchez à ceci, à cela : car c'est un capital ; ce sont deux capitaux.

« Du reste, frappez et frappez encore : car ce n'est plus un capital. »

Au moins, il fallait attendre de savoir ce que c'est qu'un capital, de connaître ce qui est, ou n'est pas un capital.

Sous ce titre banal , on ne comprend généralement que les fonds affectés ou censés affectés à l'œuvre de la production matérielle.

Mais il existe une autre œuvre, l'œuvre de la reproduction vitale, l'œuvre de la nutrition.

L'homme est l'outil obligé de toute fabrication , l'outil approprié à manœuvrer les outils de métal, de bois, etc. , etc.

L'outil humain étant mort; tous les outils subsidiaires s'arrêtent et chôment d'exercice.

C'est donc un capital, c'est le plus précieux capital, que le fonds qui est consommé dans l'œuvre de la nutrition , de la reproduction vitale.

Le travail, a-t-il été dit, est comme un capital intelligent, dont l'alliage aux capitaux matériels, est seul capable de leur imprimer un titre efficace.

La vie, y a-t-il à dire aussi, est comme un capital organique, dont le libre et plein exercice doit entretenir l'action du capital intelligent, sur les capitaux matériels.

A la vérité, le capital organique ou de la vie, et le capital intelligent ou du travail, soit qu'il plaise de les dénommer ainsi ou autrement, ne porte point de produits, point de profits sensibles et palpables.

Seulement, la puissance leur est déférée, de transmettre la faculté de fournir des produits, des profits, tantôt au capital de la culture, tantôt au capital de l'industrie.

Or la pensée conçoit bien qu'un autre fonds que notre sol, que d'autres objets que ses produits, soient soumis à la main d'œuvre et acquerrent ainsi une valeur progressive.

Qui sait même si cela ne se rencontre pas sur les planètes de quelque nébuleuse ?

Mais l'esprit ne mord pas à l'idée, que la main d'œuvre s'opère à part du travail, et que le travail s'exerce hors de la vie.

La différence est, comme entre l'effet accidentel et la cause essentielle.

Eh bien, les actes de la société violent les lois de la nature : on est absorbé par l'effet; on ne remonte point à la cause.

Il est question d'abord de ménager jusqu'aux capitaux stériles de nature, le foncier et le rentier : dont les brèches pourtant n'amènent aucun vide dans la somme des produits à naître.

Il est question ensuite, et cela à plus juste titre,

de respecter les capitaux inféconds à part, et fé-
condés du dehors, le rural et l'industriel.

Tandis que cette puissance sans laquelle ils
sont incapables d'engendrer, sans relâche, sans
mesure, est attaquée et blessée, est froissée et
écrasée.

Gardez-vous, s'écrie-t-on, de frapper sur ces
capitaux dont émanent successivement, les produits, les profits, les revenus.

Rien de mieux à dire sans doute. Mais il y aurait plutôt encore à ne pas atteindre le principe vi-
vifiant, le capital générateur qui seul est doué
d'enfanter, au sein de ces matrices autrement in-
fertiles, des provenances de toute sorte.

Il y aurait à ne pas altérer, et même à com-
pléter le fonds du nécessaire, d'où vient la vie,
d'où advient le travail.

« L'homme est le porte travail.

« S'il pâtit en sa vie, il perd de la force; il
manque à la tâche.

« D'abord la valeur à créer par l'être même,
puis les valeurs à naître de cette valeur, s'amoin-
drissent.

« Si la souffrance s'aggrave jusqu'à miner les
existences présentes, si elle se prolonge jusqu'à
étouffer en leur germe les existences futures, la
société marche à sa ruine. » (*De la limite de
l'impôt* : 1829.)

Que sert de le redire?

De tout temps, en tout lieu, quelque oligar-
chie ou de droit ou de fait, exerce le pouvoir :

attendu que les masses ont le besoin d'être gouvernées et n'ont pas le moyen de se gouverner.

Que, ce soit sous la forme monarchique, aristocratique, démocratique, c'est le pouvoir tantôt absolu par les lois, tantôt arbitraire en ses actes, qui est exercé par elle.

Tant l'homme quelconque est toujours l'homme, n'est jamais que l'homme : faisant valoir en paroles, l'intérêt général, afin de se maintenir ou de s'installer au faîte ; et parvenu là, n'agissant plus qu'en vue du lâche et traître égoïsme.

De même, toute caste appelée par le sort à jouir, tente d'accroître ses jouissances, au prix des souffrances de la classe appelée à souffrir.

Et voilà par quel motif secret, par quel mobile occulte, la tribune intéressée, et la plume leurrée ou gagnée, ne se lassent jamais de tonner contre l'impôt sur le capital, et se laissent aller à proroger sous quelque mode plus ou moins artificieux, l'impôt sur les profits ou les salaires à peine suffisans à la vie, l'impôt sur le nécessaire.

Car en beaucoup de circonstances, il n'y a pas moyen de libérer efficacement et les uns et les autres, sans exposer le capital à subir une portion de l'impôt.

On se met en grande peine, en grands frais parfois, pour assurer sur le marché, à la culture, à la fabrique, au commerce, le remboursement du prix coûtant, et par delà.

En ces divers genres d'industrie, à la fois l'œuvre et l'outil et l'être, sont apparens, sont présens :

ils attirent à bon droit l'attention, et à grand tort ils absorbent l'attention.

L'esprit est claquemuré ce semble, dans cette triple enceinte : il manque à voir, il omet d'entendre, qu'en outre de la production en fait de matière inorganique, il y a aussi la production ou la reproduction en fait de substance organique, c'est-à-dire la nutrition de l'être, c'est-à-dire la *vie*.

Or, la nutrition, la vie a aussi son prix coûtant, *son prix de revient*, pour parler l'argot du jour.

A la vérité, ce prix de revient n'a point à attendre sur le marché son remboursement; seulement il a à s'attendre que le fisc n'aille point opérer sur son montant, aucun prélèvement qui le réduirait au point de faillir à l'œuvre naturelle.

Il y a plus : l'emploi du nécessaire est de nourrir la vie; et la tâche de la vie est d'enfanter le travail ; et la fin du travail est de créer la valeur.

Tellement que hors de ces conditions, tout manque à la fois.

Même, à défaut de l'accomplissement de l'œuvre de la vie, la commande se resserrant sur le marché, le prix de revient des œuvres de fabrique, de culture, de commerce, n'y rencontre plus son juste remboursement.

Dans le mécanisme, soit politique, soit économique de la société, c'est la vie qui est la cheville ouvrière.

La fable des membres et de l'estomac en apporte l'image : ceux-là résistant à sustenter celui-ci ; et celui-ci se refusant à leur prêter la force.

Ainsi se comporte l'avide, l'avare richesse : ne comprenant pas qu'étant appelée à dîmer largement sur les récoltes, elle se nuit à elle-même, en aspirant et dévorant une part de la semence.

C'est vainement que des exemples tutélaires lui sont donnés, soit pour l'amener au bien, soit pour la détourner du mal.

Qu'on voie dans les deux zônes de la noire Afrique, et celle du continent, ainsi qu'il est dénommé, et celle des îles à sucre, qui n'en diffère que de nom, qu'on voie le nègre accablé de coups, écrasé de fatigues, sevré de nourriture, dénué de repos comme de plaisir.

Soit à sa naissance, soit en son existence, il rencontre en double et quadruple degré, la chance de mort ; laquelle fait avorter l'immensité des valeurs progressives qu'il allait jeter aux pieds de ses maîtres.

Et qu'on voie l'antique Asie avec sa tribu de l'ordre patriarchal, mi-partie composée d'enfans et d'esclaves, traités presque en égale façon.

Qu'on voie l'ancienne Europe, la féodale Europe, avec son cortège de vassaux ou de serfs; et même l'Europe présente, la France actuelle dans ses contrées pauvres en lumières et pauvres aussi en vices, avec sa clientelle de fermiers à moitié.

Ces esclaves, ces serfs, ces fermiers, sont censés membres de la famille. Ménagés en travail, soignés en maladie, servis en subsistance, ils portent à fin de compte, la somme totale de produits qui leur fut départie par la nature.

Par bonheur en un sens et par malheur dans l'autre, le malheur l'emportant sur le bonheur, maintenant le profit n'est pas direct, le bénéfice n'est ni aussi net, ni aussi clair.

La totalité des produits, sous la simple déduction des nécessités de la vie, n'est plus appartenante de droit, n'est plus appréhendée par le fait.

C'est à la chose publique qu'ils reviennent immédiatement; et la chose privée n'en jouit, qu'autant qu'elle en est gratifiée par la chose publique :

Tellement qu'en saisissant le profit où il se rencontre, l'idée ne s'explique pas d'où émane le profit.

Et l'égoïsme laissé dans les ténèbres, s'y égare, s'y perd.

Cependant si le bénéfice est moindre, aussi le sacrifice serait moindre.

Il ne s'agit plus de donner du pain afin de nourrir la vie : il s'agit simplement de ne pas ôter le pain, pour ne pas tuer la vie.

De même que la caste prédominante n'est plus appelée qu'à tirer profit des services sociaux ; de même elle n'est plus obligée qu'à prendre charge des subsides sociaux : les subsides n'existant que pour les services.

Il n'y a pas à parler ici de l'abondance, de la

surabondance de valeurs maintenant étouffées dans leur germe, qui viendraient d'abord à naître, puis à enfanter : ainsi accroissant la richesse nationale, et par suite la fortune personnelle.

Il y a à dire seulement que les retours viendraient rembourser les avances.

Ailleurs, la rigueur de la vérité a été démontrée jusqu'à la limite extrême, en mettant en présence, l'impôt progressif, dont l'aspect glace d'effroi, et l'impôt rétrogressif, dont l'existence n'est pas même soupçonnée.

C'est assez de rappeler le résumé.

« L'excédant du nécessaire absolu ou relatif étant dîmé au profit du fisc, en raison de sa gradation, d'abord les dépenses de luxe, puis les dépenses d'agrément diminuent.

« Et la commande s'arrête, le marché s'encombre ; la fabrique se retient : le travail manque d'emploi, baisse de prix.

« Et par suite, une main-d'œuvre moins coûteuse, des produits moins chers, relèvent le marché, rappellent la commande.

« En sorte que l'excédant, qui s'énonce à la vérité sous un moindre chiffre, s'échange en réalité contre des valeurs égales.

« En sorte que l'acquit de la charge est supporté, en dernière analyse, par le salaire même.

« L'excédant a déboursé : le nécessaire rembourse.

« L'impôt n'a été progressif que dans le fait des

avances: il est proportionnel lors de la liquidation. (*Du vote de l'impôt,* 1829.) »

« Le mot de contribution porte sa définition. Il exprime nettement le tribut que fournissent en commun les membres de l'État, au trésor de l'Etat : au moyen d'un prélèvement sur les revenus disponibles.

« Là où ces conditions manquent, il n'y a plus de contribution : il y a confiscation, c'est-à-dire, saisie exercée par le fisc, d'une portion des rentrées consommables. » (*De la Mine de sel gemme,* 1826.)

Les deux caractères sont fortement tranchés.

Revenus disponibles ; avec destination en vue des jouissances, après déduction des frais de façon de l'œuvre et du maintien de l'être.

Rentrées consommables ; avec consécration, à la double fin de la reproduction des forces organiques et des valeurs matérielles.

Les revenus disponibles sont à taxer et surtaxer, à l'effet de ne pas entamer le nécessaire absolu, et de sorte à ne pas abaisser à son niveau le nécessaire relatif.

D'où le besoin advenant, il y a lieu à élever le tarif fractionnaire, en raison de la gradation de l'excédant.

Les rentrées consommables sont à garantir de toute charge : surtout sous la forme de tarif fixe qui frappe hors de proportion avec les moyens; et plus encore sous le mode d'impôt qui pèse d'autant, en raison de la dégradation de l'excédant.

Là, c'est l'impôt progressif; ici, c'est l'impôt rétrogressif: l'un et l'autre à éviter, s'il se peut; celui-là à préférer à celui-ci, s'il le faut.

Entre lesquels, l'arrêt a été porté en peu de mots.

« La société a conservé quelques lambeaux des dépouilles de sa première enfance: elle subit encore l'impôt antiprogressif ou rétrogressif; qui s'exerce à rebours, en sens inverse de l'impôt progressif.

« En général, l'office de l'impôt consiste à lever sur le produit et le profit, ou à prélever sur le revenu, sur la dépense, telle ou telle quotité des valeurs saisies.

« Quant à l'impôt progressif, la fraction est variable et s'élève de taux, d'après l'accroissement successif de l'excédant en revenu; passant ainsi du dixième, au neuvième, au huitième, etc.

« Quant à l'impôt rétrogressif, la fraction est invariable, et se maintient au même taux, malgré la décroissance consécutive de l'excédant: restant ainsi au dixième fixe, sur une recette qui suffit à peine, ou même ne suffit pas aux nécessités de la vie; comme sur une recette qui sollicite l'invention des faux besoins, des vains plaisirs. » (*Du Vote de l'Impôt*, 1829.)

Il a été dit dans le rapport sur les recettes: Lors

donc que l'on augmente l'impôt foncier, l'on *confisque* une partie de la propriété.

Il y aurait plutôt à dire : Lorsqu'on maintient l'impôt rétrogressif, on confisque une partie de la subsistance, et par conséquent de la vie, en force, en durée.

La contribution opère sur les revenus disponibles : la confiscation s'exerce sur les rentrées consommables.

Eh bien, sáns qu'on daigne y regarder, sans qu'on veuille l'entendre, la loi annuelle consacre un grand nombre d'impôts du genre rétrogressif.

« Les taxes d'enregistrement, de timbre et de greffe , pèsent proportionnellement beaucoup plus sur la pauvreté, que sur l'aisance ou la richesse. » (*M. de Mosbourg* , 2 avril.)

« Les taxes de timbre et d'enregistrement, quand elles ne sont pas proportionnées à la valeur de la propriété , sont les plus inégales qu'il se puisse. » (*Smith* , tome 3, p. 319.)

Lesdites taxes sont disproportionnelles à rebours, sont rétrogressives.

Le même caractère se rencontre dans l'impôt des portes et fenêtres ; où le décroissement du tarif est bien éloigné de suivre l'abaissement de la valeur ;

Dans l'impôt personnel, où l'indigence seule jouit de l'exemption , où la malaisance est taxée au pair de l'opulence ;

Dans l'impôt mobilier, en tant que le prélèvement s'opère, comme il arrive trop souvent, sur des rentrées déja ou bientôt insuffisantes à la vie;

Dans l'impôt foncier, soit au même cas, soit parce que les terres cultivées à bras, ont été estimées, sans faire la déduction du surcroît de valeur provenant du travail.

Il se retrouve plus fortement encore dans la taxe sur les boissons communes; quant à l'application d'un tarif fixe au droit d'entrée et de circulation, et d'un tarif proportionnellement plus haut, sur les cidres et petites bières :

Dans la taxe sur les sels, capitation triple de l'impôt personnel, suivant les paroles de M. Laffitte; capitation perçue au même taux et par de là, sur l'indigence exempte dudit impôt :

Dans cette taxe qui serait aussi bien assimilée à la taille, en ce que telle classe, telle contrée sont d'autant plus chargées; justement suivant la progression de la misère, dont les alimens grossiers exigent beaucoup plus de sel.

Enfin il apparaît dans les droits de passeport et de port de lettres, dans les frais de justice et de notariat.

Et ce n'est pas sans se mettre en opposition avec les maximes proclamées en peu de mots, par la première autorité.

« Les nécessités de la vie occasionent les plus grandes dépenses des pauvres; tant il leur est difficile de se procurer la subsistance. Aussi la taxe sur les maisons doit peser plus lourdement sur les riches ; et dans cette sorte d'inégalité, il n'y a rien de déraisonnable.

« Ce n'est vraiment pas une chose déraison- nable que les riches contribuent aux dépenses publiques, non-seulement en proportion de leur fortune, *mais encore plus que dans cette propor- tion.* » (*Smith*, tome 3, p. 284.)

Voilà l'impôt progressif établi en principe ; et le voici mis en pratique.

Car en fait d'impôts progressif ou rétrogressif, de même l'instinct, le hasard, disposent à tort ou à raison, sans que l'attention, la réflexion soient appelées.

Que ce soit à la honte ou à la gloire de nos révolutions, il faut dire que la France de 1789 à 1832, est le seul pays peut-être, où il n'existe pas, quelqu'impôt de sorte progressive.

En Angleterre, l'*income taxe* exemptait les for- tunes au-dessous de deux cents livres sterlings, et n'exigeait que la moitié de la taxe jusqu'à cinq cents livres sterlings.

Aux États-Unis, la taxe sur les maisons, établie en 1798, était assise ainsi, d'après l'évaluation du capital :

De 500 à 1,000 dollars, trois dixièmes d'un pour cent.
De 1,000 à 3,000 ...... quatre dixièmes.
De 6,000 à 10,000 ...... six dixièmes.
De 15,000 à 20,000 ...... huit dixièmes.
Au-dessus de 30,000, un pour cent sur l'évaluation. (*A Sta- tistical Wiew : by Pitkin.*)

En France, la capitation érigée en 1695 était perçue entre 22 classes, taxées comme il suit :

La première à 2,000 fr., la seconde à 1,500 fr., et ainsi des autres, jusqu'à la dernière à 10 sous seulement : avec exemption totale des taillables taxés au-dessous de 40 sous. (*Histoire financière de la France*, par M. Bailly.)

Dans Paris, il existait 20 classes de 150 fr. à 30 sous : où chacun était placé d'après l'examen scrupuleux de ses dépenses ou de ses profits; et le célibataire à un taux plus haut. (*M. Moreau de Beaumont*, vol. 5, p. 214 (1).

D'où l'on voit que c'était un impôt mobilier ou personnel, comme il plaira; mais nullement une capitation proprement dite.

De même que la taxe du sel n'est point une contribution indirecte, mais seulement une capitation ou plutôt une sorte de taille arbitrairement et légalement fixée en raison inverse des ressources.

Et voyez comment de 1695 à 1832, le progrès s'est accompli en fait d'intelligence, en fait d'humanité.

---

(1) On colloquait dans les premières classes, ceux qui ont équipage, cabriolet, maison de campagne, ou plus d'un domestique : ensuite on examinait le nombre des commis, garçons, apprentis, ouvriers, filles de boutique : toutes choses égales, on classait les célibataires et les veuves sans enfans, plus hauts que les autres personnes. (*Idem.*)

En 1695, capitation, si l'on veut, allant en dé-
clinaison dans la proportion de 4,000 à 1; en raison de l'infériorité des moyens.

En 1832, contribution dite indirecte, allant en
ascension, dans la proportion de 1 à 2 ou même
à 3, en raison aussi de l'infériorité des moyens.

Tellement qu'en chiffres, le talent économique et le sentiment philantropique du 19ᵉ siècle,
sont en comparaison du 17ᵉ siècle, dans le rapport d'un à huit mille ou à douze mille.

Un dernier trait manquerait.

Il est fourni par l'auteur des premières recher-
ches sur l'histoire des impositions; que personne
n'a tenté de corriger ou de critiquer, et que Smith
a cité 20 ou 30 fois dans son admirable ou-
vrage.

Sans doute, ce n'est qu'un plan, qu'un projet :
mais on conçoit qu'un conseiller d'état ne l'aurait
pas mis en avant, que l'imprimerie royale ne s'en
serait pas chargée, si le gouvernement n'eut été
bien disposé et même n'y avait engagé.

En prenant pour base des calculs la généralité
d'Orléans, les vingtièmes, la taille, la capitation,
montant à 7,600,000 fr., étaient réunis en un seul
impôt.

Sous la forme de vingtièmes, la propriété foncière payait 2,200,000 fr., et l'exploitation rurale,
2,300,000 f.: sommes égales aux vingtièmes et à la
taille.

Les 3 millions restant se prélevaient sous le ti-

(74)

tre de capitation, suivant une échelle de proportion ainsi déterminée :

Au-dessus de 3ooo livres de vingtièmes, on
payait pour capitation, jusqu'à 4o sous, et même
3 livres, pour livre de vingtièmes.

De 1000 à 3ooo livres, on payait pour capitation, 20 sous et même 3o sous, pour livre.

A 5oo livres, on payait 15 sous.

A 1oo livres, on payait 5 sous.

Au-dessous de 20 livres, on ne payait rien.

C'est-à-dire que dans l'ordre ci-dessus établi,
la première classe payait, 6 ou 9,000 fr. de capitation et la seconde de 2 à 3,ooo fr.

Tandis que les autres classes ne payaient
que 375 fr., ou 25 fr., ou même rien.

Certes, un tel mode est éminemment progressif:

Ici, il faut entendre les raisons exposées par
l'auteur, à l'appui de son système.

« Nous n'insistons que sur la justice d'une proportion relative aux contributions premières, et
conséquemment relative aux revenus totaux de
chaque contribuable.

« Il nous semblé, qu'il faudrait se refuser à
l'évidence, pour ne pas reconnaître qu'une pa-
reille réforme dans la répartition, apporterait
plus de justice dans le fond.....

« Les nobles, les privilégiés se trouveront fou-
lés par cette nouvelle forme de répartition : nous
en convenons ; mais la classe la plus pauvre sera
soulagée, et nous pensons que c'est une justice à
lui rendre.

Nous allons plus loin et nous disons que la répartition au marc la livre, ne rétablirait pas la justice, l'égalité proportionnelle.

Nous puisons notre plan dans les lois anciennes, qui toutes portent que le fort supportera le faible et que *l'un paiera pour l'autre.*

(Mémoires concernant les impositions et droits : par M. Moreau de Beaumont, conseiller d'état : tom. 5. p. 252, 256.)

FIN.

A. PIHAN DELAFOREST,

IMPRIMEUR DE LA COUR DE CASSATION,

rue des Noyers, n° 37.

www.ingramcontent.com/pod-product-compliance
Ingram Content Group UK Ltd.
Pitfield, Milton Keynes, MK11 3LW, UK
UKHW022356070726
13614UKWH00003B/1198